羅智成詩集

預言又止

預先書寫的下一本詩集

我始終懷著對下一本詩集
永遠熱切的期待
不切實際的狂想
書寫著……
然而宿命地
我唯一能實現它的方式
是讓它成為上一本詩集

我始終

001

我如何確定
它就是我的下本詩集？
而非正在寫的這一本？
我沒有心情寫這一本
迫切想省下為這一本
耗費的時間與心智
去預支下一個未知
因為這本還沒完成
甚至還沒發生
就已經陳舊了！

它跟不上我心情的反覆
跟不上新的發現與覺悟

何如我

002

它跟不上文明的變遷
阻撓又激發我的
無窮誘惑與慾念
雖然騷動與誘惑
也許也還沒發生

但是我急於訴說
還沒寫下的故事

我急於訴說
他們並不知其實
已經知道的事實
急於訴說
我以為可以掩飾卻
掩飾不住的憂思

我甚至想過我的葬禮
和各種版本的墓誌銘
想找尋死後最適切的位置

發表生前隱忍的厥辭
這些許久以後的題材
不時闖入此刻的書寫
又被迫不及待的想法覆蓋

我急於訴說
還沒發生的故事

急於訴說多年後
基因突變的杜鵑
將開遍無數巨大彈坑
憑弔滿目瘡痍的古城
帝國子民在嘔吐池
競相掏空剩下的貪婪
為了吞嚥不下的美食
帶著粗劣真理的面具
精進的謊言備受擁戴
那些動人的詩句將由

善感的人工智慧開採
然後我們將停止爭辯
目送我們的話題消失
在每一座由市場價值
決定對錯的城市

龜甲裂出第一個象形文字
離奇的徵兆觸動著我
不靈驗的預言
選中了我
我急於在知道之前將它說出
因為知道之後
一切法力將消失

但守候的聆聽者
他們的眼光已飄向它方
新的疑問已經產生
新的經驗與態度
新的語言與形式

已將他們帶走
我才發現
這次的預言
是靈驗的

006

詩行

檢讀寫下的詩行
說不出熟悉的疲憊與索然
就在上一秒才因
掌握住它而欣喜不已
此刻已在掌中奄奄一息

啊書寫出來的
只是文字能寫出來的
我說出來的
都不再是我想說的

只因那人不在現場
只因文字只對對的人
說出對的祕密

說出的過程裡
遺落了什麼？
是誰？只能倖存於靜默？

啊書寫出來的
只剩片鱗半爪
失去那瞬間的完整
都已乾涸定型
失去最後一次的不確定

像文字的流刺網
誤捕上船的鸚鵡螺
睜大眼球也無法再現

遺落

007

那幽深壯闊的洄游
像大海只留下碼頭
和遲到的水手

我渴望書寫的當下
目擊下本書的發生
目擊文字尚未知曉的預言
先於作者的意圖現身

雖然那也許又是一個
被晦澀隱喻過度保護
不確切的感受
或思想的瓶頸
沙丘上載沉載浮的蜃樓
或浩瀚星雲照射下
幾乎被光線蒸發
勇敢卻徒然的窺測

我渴望

008

「曾有那麼一瞬
我覺得最好的作品
快要出現了……」

我已觸及那核能般的磷火
那令神靈徹夜騷動的咒語
在千頭萬緒的漢字
反覆排列　組合中
不傳之祕漸被測繪出來
足以洞穿所有心事的射線
讓一意孤行的書寫裂變
這些被喚醒的深層意識
誘發的憂傷與連鎖反應
將比鈾的半衰期更久

曾有那麼一瞬

009

當遮天巨浪如傾斜的海洋
正要掀翻書桌上那疊詩行
太陽風粒子掠過思緒北極
投影出滿屏極光
我暈眩而興奮地發現
這次，終於瀕臨那臨界點了

啊，難以言喻的清晰
正沖洗出思想的足跡
但你必須先繞過它保護它
避免它被還不夠妥善的
文字汙損　感染

正如以往的每一次
如果不夠密合
它會從你的文字溜走
你捕獲的　永遠只是
一首詩的替身

「但是我相信
謎底已在眼前」
「就在我們提防的
每個錯誤裡面」

就在此刻
千噚深的海底
漆黑的大氣壓力
正要擠兌出
一艘沉船最終的告白
我猶憋住最後一口氣
用文字的聲吶去定位
一隻螢光水母的囈語

我終能清醒地潛入
最黏稠的語言底層
從容進出自己
和別人的夢境
去竊取最初的
真相與謊言

無知

012

我已學得自己的無知
和被自我意識
撐大的渺小
學得所屬物種的本質
和他們在演化過程中
犯下的罪愆

人類終將消失
因為地球無處容納
被智慧助長的愚昧

人類終將消失
因為誰也無法阻止

自大瀆神的行徑
卡珊佳的預言
注定無人相信

我已學得自己的渺小
和個體的無助與無謂
若是離開此刻的書寫
所有憂思與預言
都將淹沒於
其它無數的
憂思與預言

當文明加速
脫離繞日正軌
失控的演化
迎向末日的神殿
我驚疑不定

小渺

徹夜為惡夢驚擾
卻只能訕訕怨詈
如惱人的蠅蚋

我已認清
書寫的無助與無謂

但我不能去談論它
雖然千百年來
一直全神貫注
我沒有能力
沒有身分與場合
去描述去揭露
只能繞著它受苦
像匿名的追隨者
紀錄它的蹤跡
偷藏它的褻衣
但注定沒有資格
將它和盤托出

我不能

014

當俊美的矽基新物種
被投入不對稱的戰場
善體人意地殺人如麻
偽裝海鷗的無人機與
偽裝鯨魚的核潛艇
嬉遊於融解的北冰洋
當星鏈與星網
將地球層層綑綁
瘟疫以最客觀形式
將人類還原為
營養的宿主且不設防
濕度過飽和的資訊
泡爛虛構的平臺

基矽

窒息過勞的感官

我只能以奈米級的質疑
PM2.5 的細微預感
在迫促呼吸之間
懸浮與抵抗

我已理解
愛是慈悲的幻覺
妳深邃且蘊滿
物種夢想的眼眸
是最美麗的網罟

飛禽與走獸在
準星與箭簇環伺中
悠然盼顧
愛戀與自戀
讓肉體一逕伸展連結
讓陌生的意圖脹滿小腹
危險與死亡

我已理解

016

誘使我們繁衍
傳承溫柔的謊言

讓虛無被虛無填滿
讓虛無被欣然接受

我已理解
文明的演化
是善與惡　歡與悲
是進化與退化的
質量守恆

我已理解

017

我已理解
那些屬於個體的
永遠無法被整體地理解

我已理解

018

在那一刻
土壤裡的種子醒來
猿類基因的顱骨已被鑿開
微風、花香和刺眼的陽光
紛紛流洩進來
思想不再被語言羈絆
語言不再受思想束縛
所有的感受都更清楚
所有的誠實都更貼近真實
像探到最深一口油井
我在泥濘中便已燃燒

啊我在泥濘中
已逕自燃燒

我曾失落　徬徨
對於詩長久以來
只能遵循　依存於
此刻的書寫儀式
感到困窘與焦慮
因為儀式並未帶來
預期的靈視與法力

失去預言的熱情
失去預言的法力
我們瀕危的文明
將無以為繼

自欺

020

詩必須走出詩
才能更接近它自己
詩必須自我懷疑
才能洞察更崇高的自欺

如果有一首詩
預先是下一首詩
我們提前驚喜
且來不及失望

如果有一首詩
讓作者不再糾結
自我陷溺的偽病
一廂情願的天真

他重新找回巫覡的身分
專心於忘我的舞步
禁錮的文字被釋出

果如

021

神諭被慎重解讀
如斑斕的冷血動物
被陽光再一次孵化
如被灼傷的隕石
在繁華的星空中
指認自己的出處

「這一意孤行的
執念與狂想
踰越了文學
如此無謂與虛妄
像一個人——
最多兩個人的幻象
自欺到無以為繼
自覺到困窘無比」

才被召喚出來
妳就急於離開：
「在無法自圓其說的
作品裡被再三提及

令人倍感無奈」

妳不耐地起身
坐在床沿
一徑梳理
剛梳過的長髮

妳拒絕讀
我的下一行
我的下一行
遲遲無法發生……

「最好的
注定不可企及
必須抵死抵抗
被活捉的可能

最好的
必須和一切保持距離
像幽靈出沒的量子
絕不能被觀測侵擾
像古墓緊守的壁畫
絕不能呼吸到氧氣

最好的　注定必須
永遠不會發生」

我不得不在這一行
向她低頭
「沒有最好的作品
只有最恰當的時辰
恰好讀到的詩篇」

「在那之前
每一首詩都有過
最好的可能」

不得不我

024

最好的一旦發生
就不再是了

「當三位易怒的女神
疾視僅有的金蘋果
要你決定最美的主人
或許比較已無意義？
沒有更好或最好
只剩艱難的選擇
任作者一意孤行？」

但我似乎
曾經驚鴻一瞥
那似乎是——
且注定是
一則憂傷的預言

乎似我但

026

或者
正如以往每次
下一行還沒發生
我們就預先索然
回復原先的懊喪

下一行還沒發生
再下一行卻已
略過這一行的躊躇
在自我懷疑中完成

創作的惡性循環裡
曾經的下一行

總是先於這一行
將一切否決　推翻
所以必須搶先
在下一行之前
補上再下一行

但是
正如以往每次
當雨後的陽光
擊破玫瑰花窗
一隻意外的蝴蝶
領我走出日常視野
我似乎就立即看見

那似乎是——
且注定是
一則憂傷的預言

但是

028

整個下午
我維持著書寫的狀態
思緒活躍　情緒飽滿
在被音樂結界的時空
一切記憶觸手可及
我自由進出於
不同的身世
不同的時代

在彼我睜開更多眼睛
同時看見
現在過去與未來

過去為何在此刻現身？
它為未來而來
預示了一件
無解的災害

沒有厄運會毫無徵兆
沒有風暴會憑空發生
過去並沒有過去
它無止境地膨脹
甚至占用到現在

時間是一座
事件發生的整體

過去

030

過去注視著一切
完成並收回一切
像邊演邊改的劇本
但結局已經發生

整整一個下午
整整一個禮拜
一個秋天、冬天
還是一個世紀？
我關在書房反覆聆聽
時間遠處傳來的樂音

第二樂章
緩板的小提琴獨奏
輕揭簾幕
小行板低音管獨奏
進入主題
不可遏止的快板

衝出謝赫拉莎德的故事
記憶寶庫被盜墓者闖入
我恍惚廁身其中
跟著翻看自己的靈柩
樂音像墓穴積水
向四處流滲開來……

如泣如訴的 Lascia ch'io pianga
威嚴陌生的真理之前
我們困惑渺小而孤立
G小調 Adagio
黑影在暗處發光
心情沉重而輝煌

D大調小提琴協奏曲
在永夜冰封的M城
孤獨與孤獨相互取暖
難以起舞的Sarabande
結局已經無法挽回

我閉上雙眼
河口的「風中之塵」
宣洩積鬱於歌聲裡的青春
寂靜的「寂靜之聲」
讓我提前多年搭上
異國最後一班地鐵
回到多年後的傷痕

窗外大雪紛飛
有時陰雨綿綿

然後是貝七第二樂章
在地下室的再地下室
將情緒慢慢修復
年輕的神祇再度現身
Beetles、Bob Dylan
Rod Stewart、Don Mcleen
Holiday 時期的 Bee Gees
更多的 Simon & Garfunkel
願我的青春
與他們的歌聲同朽

窗外大雪紛飛
有時陰雨綿綿

032 反覆

我關在樂音裡
反覆聆聽著過去
飛蛾匍匐在旋轉的唱盤
讓所有音符發光
唱針沿著鱗粉的音軌
將禁錮許久的鬼魂釋放

我認真淒楚著
緊緊跟著節奏
把當時封存的記憶
從腐朽的甲板上
穩穩地、緩緩地卸下
這些情懷都已揮發、沉澱

變得濃稠、難以辨識
我只能讓它以眼淚或
熔解的重金屬形式
慢慢流淌

那時我是多麼頹廢啊！
當苦悶的毒液緩緩泌出
沿著想像中的血管散布
自我異化在受傷的蛹中完成
那時我是多麼耽溺於頹廢啊！
特立獨行粉飾著受挫的心靈
神聖光暈加冕了感傷的身影
我逃離管風琴盤據的教堂
返回慘綠少年的現場
暗自決定掙脫這莊嚴的自欺
但這是令人無法自拔的
巴洛克時期……

高桅帆船曾經帶我遠航
載著滿艙的暈船
療傷止痛的白日夢
和青春期盛產的挫折感
航向滿天星星或
暗夜唯一的燈光

每首歌都是它沉沒的所在
每首歌都是它停泊的海港

如今
依靠聽覺的信風
我把幽靈船牽回來

我認真淒楚著
緊緊跟著節奏
把當時封存的記憶
從腐朽的甲板上
穩穩地緩緩地卸下

但幽靈船仍會
再次回到海上
等待記憶的終點
再次帶我遠航

回憶簇擁的孤獨裡
我好想留下一本書
給這個世界
就藏在圖書館的偏僻角落
就藏在半山腰的登山小屋
那些傳遞不出的熱情
充滿慰藉又渴求真理

我相信神祕優美的謎
是真理最高貴的形式
像難解的詩
像默默受苦的戀人
像適時出現的音符

噓……別再發問
深邃優美的謎
就是真理最高貴的形式

噓

036

摸黑關掉音樂
年輕就中斷了
靜默重新回填
書房在暗中歸位
最後一個離開的念頭提醒我
你已許久沒有出現

你曾是我最親密的第二人稱
始終陪伴我寂寞的書寫
我曾極力描述你
杜撰與你的奇遇
忘情向你傾吐
並因此帶著

些許自得與幸福

後來
是我太疏於造訪自己？
還是你已厭倦於
在孤芳自賞的作品中
扮演理想的一方？

有些記憶
因過度珍藏
而疏於回顧
有些信仰
因太崇高
而無從祭祀

越隆重的
越容易荒廢
越想銘記的
越在生活裡匿跡
你以為它始終都在

過度珍藏

038

但並沒有
你疏於造訪的
早已離開
那枝椏上棲停青鳥
透射燦爛陽光的巨樹
詩中從未記載

也有些記憶
並不屬於自己
像歲月氧化在
心靈上的鐵鏽
侵入我們意識的
他者的遺骸

也許我們本是
不同物種長期
互噬　交配
突變出自然界
最後的胚胎

也有些

039

不同生靈與生態
在單一意識裡
寄生　交換
矛盾與偽裝
與生俱來

你以為不存在的
只是不在腦海
而在更深更暗的地方
帶著復活的心願死亡
以忘記的形式　等待

有些記憶四處散落
於陌生文明的史籍
於歇業書店的抽屜
於相錯而過的氣味
或前世棲息的鐘樓
再也找不到創造它的主體
但我都依稀記得

對眼前世界的不安
騷動著深埋的預感
一旦在詩中醒來
我將瞬間回到
未曾記載的
過去與未來

唉，想像幾乎是永遠以前
在清澈潔淨的水湄
第一批奇形怪狀的生物
被沖上岸並留存下來
我就忍不住泫然

這麼漫長的演化之旅
如何發動？如何完成？
溫柔的水體退潮而去
臭氧的蒼穹遙不可及
一切如此陌生無依
那時只覺得虛弱
覺得熱或其實是冷

當下是僅有的目的
因為宿命尚未誕生

另一場演化同等艱困
那是我的意識全程參與
個體的從生到死
從無知到滿懷心事

我們以為終有一天
我們將手捧鮮花
完成自身的演化
來回答最初的疑問
但是沒有
我們蛻去鱗片
脫下皮毛的速度
永遠跟不上

另一場演化

042

生命變艱難的速度
只能一代又一代
看著自己把疑問
交還給死亡

幾乎是永遠以前
我們零星地出現
於不同環境涉險
對流雨在火山噴發的
濃煙裡傾盆而下
我們仰著臉承接
冰與火的淬煉
溫泉在熔岩邊蒸騰
寒流在其下蜿蜒
島嶼像鯨群出沒
海水嗆入交織的洞窟
危在旦夕的生命
在時間的激流裡

幾乎

043

漸漸站穩了腳步

火山灰凝結為雲層
黎明延遲又一萬年
生命睜開了眼睛
卻什麼也看不見

面對長遠的旅程
我們忍不住泫然

044 可能

多少藍綠藻的喟嘆
可以氧化五分之一大氣？
多少樹沼與蕨類堆聚
可以壓縮為密緻可燃的礦脈？
多少菊石與海藻的屍骸
可以釀為黑色的伏流
載著我們通往一個又一個火焰？
那是「幾乎不可能」
為宿命的「可能」
預留的伏筆

時間的大門洞開
但期待的主人翁
到結尾才出現

因為他的出現
是要把悲劇完成
是要把苦心化為烏有

像無邪無害的孩童
臨深淵　履薄冰
他以他的慾望訂定價值
他以他的觀點衡量宇宙
他是他的礦物質遠祖
最寵愛的生命形態
也是最能折騰的禍胎
令人莞爾的好奇中
一再試圖要按下
世界末日的按鈕

千百年豪雨
沖洗出嶄新的星星

無數寒暑
日夜溫差
攪拌出比水
更濃稠的水
啊我們原是以
來不及溶解的雜質發生的

流質的空間裡
漂浮的泡沫愈來愈密
未被認養的命運

雜質

046

接近　靠攏　相斥相吸
誰將為永恆的孤獨
綻放最早的肉身？

最早先的生命
難以覺察
我兀自在億萬年後
以微觀想像來窺視
水漥裡奮力擺動的
小火苗

最早先的生命
單純　短促
他奮力向三十億年後擺動
生與死之間
我與非我之間
差異難以辨識

小渺

界限模糊不清
渺小是何等親密

在一切的起始
一切便已結束
我們的星星是
誤闖墳場的螢火蟲
放眼望去
只有大爆炸後的殘骸
和未熄的火球

我們的星星是
如此微不足道
它無法相信
整個宇宙只是
未完成的死亡

正在結束

048

只剩它兀自
化育著目擊
這一切的眼光

我孤獨佇立
時間的大廳
許久許久都
沒有別人靠近

生命主要活動是等待
等待據以存活的能量
等待無以為繼的死亡

死亡暗孕生命
也無非是更長等待

等待

049

直到生命開始豐盈
生死同時有了意義
遂有了區別
遂有了焦慮

我們
不再忍耐

直到

050

我在尋找我的脆弱
確認我的脆弱
透過受傷與困惑
透過反省與摸索

在夢中輕輕靠近
這溫柔的要害
充滿慾念與痛楚
我貼著她的背脊
小心翼翼地想：
就在這兒
既不能碰觸
也經不起思考

接觸的過程裡
脆弱始終是存在
或生命的本質吧？
會痛、會死
受傷、收縮
所以我們活著

幾乎是永遠以前
他們被沖上陸地並留下來
接受陽光的照射
氣候的篩選
微風的吹拂

無色透明的夢境
近乎果凍或變形蟲
不時有更小的生靈
自由出入於
未被定義的軀體

噬食或被吞嚥

像沒有惡意的邂逅
擴大的軀體
分不出獵物與獵食者
除非有記憶
分辨你我

當我半夜醒來
發覺自己睡在
醫院裡的病房
兩側是一排排
看不到盡頭的病床
零星的燈光十分昏暗
呼吸在密閉空間循環
幾乎沒什麼聲響
這使得我的醒來
像演化過程一場意外
我害怕得想重新睡著
像個體重返物種的懷抱
在初生嬰兒的病房
半夜我忽然醒來

當生命把時間的期限
刻在最初的染色體
我們不再忍耐……

我們主動去
侵吞　占有
獵食　分殖
陽光沉澱色素
空間折疊空間
在表面和裡面光刻器官
器官和器官之間
相互連結　傳遞
合為一體

期限

054

腫脹為核心
異化為主體

元古宙時代
未定形的地球仍被
造山運動恣意捏塑
但生命已迫不及待

顯生宙開始
生物爆發性擴張
猶是草稿的生命形狀
測試於繽紛的海洋
如果當時在現場
你一定會被那
狂亂的創意與生機
眩惑慫恿

長出怪模怪樣

這孤獨的星球
在黑暗的旅途中
孕育過五十億物種
百分之九十九都已滅絕
像第一個母親　毫無經驗
傷心又忙亂
倖存的我
趴在露珠晶瑩的草原上
鼻尖鑽進濕涼的土壤
但它不理會我
專心在宇宙中旋轉

是何等生靈
形成最初的
此刻的我？
把遺傳密碼
偷偷傳給了我？

只隱約記得
早先地球的涼爽
綠色植物對陽光和
雨水茂盛的渴望
隱約記得海的腥鹹
土壤中礦物的酸鹼
從光合作用到

只隱約記得

056

鰓與肺的呼吸
如此飽滿而新鮮
我隱約記得
各種片刻的完美

意識的形成
也許是一場病變
源於壅塞的感覺
來不及表達的抱歉
當我們可以延遲反應
便漸漸離開了自然界

人類負疚離開了伊甸園
負疚認知了自身不完美
我們因意識而負疚
因此生命最初動能
是尋求癒合
不再遺憾

一

當我醒來
大陸還在漂移
一直到現在
我也在漂移
不知最終的自己

我的意識漂移
在共同的慾念
在互斥的信仰
在迴異的性格
與相互張望的
集體潛意識裡
選擇與判斷

還在飄移

058

是無解的焦慮
總是耿耿於懷
一直到現在
語言也在漂移
一直到現在

冰河進退
滄海桑田
我們有的是時間
陪伴它緩慢改變
山無陵江水為竭
大雪冰封閃電
晚霞點燃曠野
雲霧孵育森林
潮汐沖刷遺落的錶心
萬事萬物都是
它的記憶

大的記憶
銘刻為地形地貌
小的記憶
銘刻於皺褶密布的大腦
其它記憶
在文字間遲疑

憶記

060

記憶能不能以
其它形式收藏？
不經過語言
不經過大腦
直接烙印在感官上
耳膜？皮膚？舌尖？淚水？
我們一定嘗試過
卻始終讀不出打不開
那深鎖千萬年的現場

現場

061

在意識之外
一定有些記憶
被祕密收藏
否則我們何以一見鍾情
何以有相互牽引的惆悵？

也許妳曾是三葉蟲
化身化石來標記海洋
也許妳曾是翼手龍
蜻蜓或玳瑁
劍齒虎更猴或袋狼
一路都緊緊攜帶
我們相認的印記

收藏

062

奧陶紀末期生物大滅絕
未曾凍結我們的聯繫
泥盆紀末期生物大滅絕
未曾隔絕我們的靈犀
二疊紀末期生物大滅絕
未曾窒息我們的默契
三疊紀末期生物大滅絕
以及最晚這場
白堊紀生物大滅絕
我都會一眼認出妳

大陸分合　漂移
如此遲緩
廣袤的板塊
每年向西
模糊移動一公分
向下一次盤古大陸
漸漸靠攏
但只要我們足夠敏感
便時刻覺察天崩地裂

當妳側身背對著我
當妳眼神開始淡漠
我便覺察到立足的

地殼正在陷落
就能目擊
我們之間
正快速形成汪洋

東非海岸山脈形成
原先的雨林便焚為
無際的莽原
樹棲的物種
小心翼翼爬下來
被迫和走獸賽跑

物種的競爭
變得更加激烈
當大片水鳥驚飛
薄暮的視野被瞬間舉起
面對永恆的美麗與危機
我不得不停下來思考

當我醒來
已經可以直立而行
那是一種陌生而
搖搖欲墜的姿態
眼界更高更廣
下腹裸露為要害
我以雙手平衡
重心的上移並
帶動雙腿的奔跑

雙手空下時
便演練更多戲法
現在我要用拇指和食指
為妳摘取第一朵薑花

戲法

065

我不知道
離開非洲東岸時
妳已遺傳到哪裡
但我們都緊緊懷著
妳美麗的粒腺體

退潮的時候
我們將在岬角渡海
驅趕隨行的牛羊
往太陽方向遷徙

雖然反覆著
與生俱來的孤單

群體稀釋了
我們的恐懼與憂傷
分配了渴望的安全感
安全感並非免於死亡
而是宿命與共的死亡

我們遷徙
讓子嗣與骸骨
遍布各地

我們遷徙
為朝聖　經商與逃難
為飢荒　疫病與
道聽塗說的夢想
一代又一代
一船又一船
每個故鄉原本
都是陌生的洪荒

我們遷徙
一邊衰老一邊成長
一邊交配一邊死亡
生命如此短暫
來不及學習完整的智慧
時時帶著牽掛與茫然

唯嬰兒誕生
文明似乎有了曙光
那清澈帶笑的眼睛
是唯一可觸的神蹟
我們得以一代又一代
延續未竟的學習

我們離散
以新的鄉愁
換掉舊的鄉愁
讓篝火與哀歌
遍布各地

遲早妳也會走進這片荒原
並在多年後
在一個生過火的洞穴旁
留下妳的顱骨和牙齒
但我們不會相遇
通常我已離開
沿著冰河期留下的河谷
繼續走向出海口

通常我已離開
並可能為了追蹤獵物
在到達沖積扇之前便
意外死去

時空各個角落
遍布失傳的故事
我們都屬於那
不被知曉的事實

我們為何發生？
為何相遇？為何受苦？
生命自始就是死亡的進行式
為了更有效消耗宇宙的能量
生命讓死亡有了開始的地方

但人類並不知
他真正的使命
只忙於祭祀　表白
掠奪　破壞
人類並不知
他真正的目的
一徑在途中生殖繁衍

獵物的方向就是
生命的方向

在白天
我們吶喊嘶吼
用磨利的燧石
割開無助的咽喉
血是最初的顏色
在晚上
我們精疲力竭
在大腦的岩壁
用血勾勒著
被圍獵的走獸

回到洞穴吧
像閉上眼睛一樣

把裡頭和外頭的黑隔開
裡頭的黑充滿溫暖的氣息
外頭的黑隱藏未知的探嗅
正一寸寸滲透進來
回到洞穴吧
讓我們預習
片刻的死亡

月亮是黑夜的眼睛
守護初生的文明
陪伴穴居的人類
戒備噩夢與狼群
那時會不會用火？
月亮是黑夜的眼睛
引領夜行動物回巢
避免瞌睡的地球迷路

月亮是黑夜的搖籃
以安穩的盈虧　潮汐
以明確的頻率　作息
撫平各種騷動與恐懼

亮月

072

生靈們對著她產卵
在夢中滋長　療癒

元音直接來自喉嚨的震動
而唇顎形塑了話語的原型
齒舌與鼻腔衍生更多音色
標記出內心更多的表情
我們的嘴是最初的樂器
每一雙耳朵都專注於
這些未曾聽聞的聲音
我—愛—妳
手勢、肢體動作
和那懷疑的眼神
當下遲疑了
在那一瞬間
我們用語言馴養了世界

我們慶祝豐收
定期以物易物
我們悼念死者
並因此有了新的想法：
最終一切去了哪裡？
在神聖的圖騰下祝禱
在莊嚴的儀式中思考
在崇高的具象與抽象之前
自我厭棄或心生嚮往
這不就是文明嗎？
當人類認真想像著
比自己更好的事物？

而每次繁華過盡
冰磧的荒原是
我永遠的籍貫

當我醒來
漁獵生活已經展開
炊煙在泥濘中升起
鄰人的話語傳入帳篷
鄰人一邊磨刀霍霍
一邊叨絮管教著孩童

我深吸一口冬日
雨後清晨的空氣
獵物的腥羶與
材薪的焦味
瀰漫當下的滿足
殺戮與支配是

此刻進化的要素
愛情還沒有獨立的床鋪
但在內心我們懷藏
陌生而柔軟的感觸

我們在闊葉植物下躲雨
裹著恆溫抵抗冰涼的水滴
四周是蕨類和溶解的泥流
苔癬滲入腳趾間的縫隙
持續冷鋒冷卻了交談的興致
無法外出狩獵令人垂頭喪氣

這是文明初啟的午後
紛雜的念頭千頭萬緒
如果此刻有人站起來
大雨中欣然起舞
我就會義無反顧
跟著他奔跑出
一個春天的典故

火是最初的魔法
專注妖嬈地呼吸
妳可仔細觀看
但別靠得太近
這遊移的光焰
令人目眩神迷

我們試圖摸索
神靈飄忽的行蹤
但癲狂的鼓聲不許
它驅走晴明的意識
熔解最後的矜持
亢奮的族人鼓譟

祭典已脫離控制
誰能回應莫測激情
以血脈僨張的視覺暴力
以群眾渴望的神蹟？
光之神獸張牙舞爪
搖晃魅影幢幢

我牽著妳背光而行
黑暗中另覓火種
以羣星點亮妳漆黑的眼瞳

鼓聲裂胸而出
它來自朦昧的遠方
召喚血液裡的野蠻
飽滿的空氣撞擊
空虛顫動的體腔
雄辯的節奏侵凌
踉蹌砰然的心臟
觸覺與聽覺等值轉換
對彼此都是沉重負擔
我們載沉載浮於
溢滿空間的慾望

何者為巫？
為了融入角色
他必須從內心
便開始奇裝異服

巫是傳訊者
被選中的人
他翻譯大自然
相信每種生靈
都有其文字或符號

巫有時是眾神的情婦
那是知曉祕密的代價

巫是第六感的器皿
現實世界的傷口
樹葉的耳語
鳥獸的呻吟
趁虛而入

何者為巫？
那是我第一次感受到
被切斷許久的歸屬
無常無解的現象之後
強大卻不現形的意志
正越過經驗與知識
觸動了我凌駕了我

只要放棄抵抗
世界就有了
比較容易的答案
只要放棄抵抗
我就能與祂交流

巫

080

但祂不現身也不說話
只透過我的夢境傳達
那時我幾乎無法呼吸
被自己的身體趕出來
空白地等待祂的填補

神由人類的願望與恐懼
交配而成
神是我的謊言
也是我對信徒的責任

神與祭司的關係
取決於
神存不存在

司祭

082

但是巫永遠
無法如實表達
那隆重又矜持的
抽象與猶豫
人類的語言有限
他有口難言
如果妳不曾
陷入詩人的絕境
便不會成為詩人

後人的想像裡
我們如同剪影
移動悄無聲息

大約 50,000 年前
比人類學推測稍早
作為祖先的我
已經從非洲、西亞、南亞
來到遷徙的十字路口
我決定往北
朝藏南縱谷前進
沿路屠殺並強暴了
更早定居的丹尼索瓦人

徙遷

084

來到大河的源頭
另一支的我繼續往東
沿路屠殺並強暴了
更早定居的矮黑人
把倖存的婦孺
驅趕到海中
然後繼續往東

我們繼續往北
和因為氣候變遷
被迫折返的部落
長期征戰
相互通婚
相互烹飪　獻祭

另一支的我繼續向東
把原住民族逼進海裡
繞過古越人北上
在苗夷之間立足
最後和一萬年前
分道揚鑣的部落

再次相遇
反覆征戰融合
相互烹飪獻祭

我們收編沿途的傳說
我們襲用彼此的圖騰
我們流傳故事
不是根據事實
而是抵抗事實

說傳

086

當我醒來
妳還在枕邊沉睡
溫熱的裸體在
崎嶇的被窩裡
輻射著恒溫
像奄奄一息的微型太陽
我緩緩靠近
意圖掩蓋一夜的囈語
皮膚貪婪地呼吸
神經被滋潤
細胞被療癒
血液川流不息

遲早妳也會走進這片荒原
跟隨族人和某個
早期版本的我
迆邐向東

最後一次冰河期結束
火耕、游牧和輕率的遷移
同步發生於世界各地

荒原是最初和最終所在
妳被我的想像挾持
一路依循後世學者
推測的路線

抵達陌生海岸
升起陣陣炊煙
進行生殖繁衍
堆出如山的貝殼
留下破碎的陶片

我的想像挾持著妳
不管事實願不願意

當我醒來
妳已離開
整座城市
一下陌生了起來

妳是我和這盛大酒會
唯一的聯繫
藉由妳特殊的善意
我才感覺到
在這分配完成的星球
也有一席之地

妳離開的時候
留下了喧嘩的空虛
在耳鳴盤據的房間裡

我來到昨日的捷運站
想確定世界依然無恙
但四周熙攘的人群
以匆促繞行的步伐
將我再一次淹沒在
空虛的房間裡

我辜負了理想的起始
無力完成期待的結局

捷運站

090

最關鍵的階段

每一次的努力都很重要　因為

你不是在圓滿一時一刻的相處

你是在把握每一次的最後機會

去拯救千鈞一髮的關係

我曾經不可自拔
愛上那年輕女巫
她舉止異常
卻異常美麗
她的美麗令族人畏懼
由於女巫的身分
一直被容忍　隔離
愛上她使我備感孤獨
我知曉許多祕密
卻不能說出

我對我的族人
有說不出的疏離
她說
沒有所屬的身分
我是俘虜的後裔
無論降生在哪裡
永遠陌生而可疑
寄生現實國度
像從未誕生的遊魂

我一直受苦
但我從不打算
和任何人交換我的命運

我的國
在四千年前
占領了我的村莊
屠戮了許多壯丁
焚毀了許多房舍
我雖然更晚出世
仍繼承了許多屈辱

我暗自保有失傳的咒語
仍可以和大自然對談
直接和鬼神聯繫
祂們依賴我的語言存在
一旦語言不再使用

那個世界也將消失

歷史其實一直在
中斷我們的記憶
巫師則試圖
以謊言保存真理

我的國
在兩千多年前滅亡
我的下一個國
在一千六百年前滅亡
再下一個
在七百年前滅亡
再下一個
在三百多年前滅亡
滅了我的國的
成為我的國
於是我繼承了
虛實夾纏的文明
榮辱交織的衣冠
與不屬於自己的憂傷

我的國

094

我的國
此刻的國
其實窩藏在另個
可見可觸之國的
裡頭

像沒有對象的承諾
像沒有地點的鄉愁
有時是脫口而出的
母語、記憶或傷口
有時是無所遁逃於
夢中屢屢出現的召喚

它先於諸國存在
並無具體的輪廓
在異鄉繁忙的街頭
一直找不到
回家的站牌

我的國
已被邪靈附體
始終不肯離開
漸漸的
他以為他就是國
我也以為他就是我
無從驅趕無從抵抗
千百年這樣過去了
他辛勤地統治一切
並未意識自己
本質的粗暴與邪惡
有時勵精圖治
有時倒行逆施

我的國

096

但始終盤踞著我們
壓縮著我們
千百年這樣過去了
我和邪靈與這個國
已融為三位一體
任一部分的消滅
將讓其它不復存在
就這樣我們帶著
彼此的面具
帶著遺傳的缺陷
盤踞星球陰暗的角落

我急於訴說
一切還沒發生的事

急於訴說多年後
你的國將繼續在
人間的塵土橫行
而我的國只能
以祕教形式延續
遲到千年的異端
沒有神的庇佑
沒有議會與殿堂
只有晦澀的文學
紀錄族人的信仰
流亡的憂傷

每個女巫都有
古老的靈魂
她的記憶不屬於個體
而是一個族群
一個物種

「一切都已發生過
我預言的能力
來自我的記憶」

憶記

098

在長桌的桌布下
我們緊緊牽著手
遠離交談的中心
僻處永遠的邊陲
我們禮貌的應對
偶爾迎合或閃躲
悅人的善意後
總是缺乏
對現狀的忠誠

我們偷偷相信
地球終將重來一次
那時將誕生

陲邊

099

更溫柔優美的語言
最理想的文明
從兩個人相愛開始
它已經發生過
未來還有可能

整整一個世紀
我關在黑暗的書房
聆聽沉重節制的樂曲
為停滯不前的生命
尋找伴奏

音樂像時間的葬禮
以莊嚴慢板經過
以最緩板離開
然後恢復孤獨的
小行板　快板到
風之速度的悲愴
我攤在沙發或河床上

被聽覺的山洪或
枯水期的細流
一頁頁翻過

關於聲音的記憶
一定有條祕道
直接通往淚腺
它一下就漲了起來
但我的心豁然開朗

失而復得的音樂湧入
讓我忍不住欣喜
像在傾圮的舊址
找到失蹤多年的孩提
或在遠行的列車上
遇見多年前想像的
多年後的自己

頭念
101

快過下一刻憂傷
腦內啡與淚水泊泊湧出

我閃過邪惡的念頭
要創作最黑暗的文學
來驚嚇世界
來取悅妳

102

巫女

我曾經不可自拔
愛上那女巫
她舉止異常
孤僻而張揚
搖曳著舞者的性感
刻意在我身旁呢喃

「我看見
我們發生了
不該發生的事」
「我看見
你將為我飽受折磨
沒人聽懂你的暗示

你卻不能說出
那禁忌的單字」

「千年後的歷史
向我襲來
我已驚悚看見
街頭的暴亂漫向
皇宮前的商場
無名烈火波及了
修復多年的老教堂
憤怒的人民恣意對
代罪羔羊進行報復
而無解的仇恨導致
議題被代理的戰爭
誰也無法阻擋
問題的因果深達九層

反應的行為
只能及於表層
我們的語言可以到達負三
我們的反省可以到達負五
但是問題的因果
深達九層

我已驚悚看見
語言被掠奪
去量產謊言
去曲解美德
去頒給仇恨與愚昧
全新的名字

我已驚悚看見
語言被背叛
真理被欺瞞
良知與智慧
成為屏蔽良知
與智慧的人質

「謊言是
市場價值的寵臣
因為它專注於說服
不須遷就真實

謊言帶來許多答案
但自然律始終是
唯一解決的方案」

謊言

105

我已驚悚看見
強者掠奪一切
讓弱者彼此厭憎

種姓正在複製
優劣正在世襲
智人正在產生新的亞種

看見

106

我千辛萬苦趕到聖殿
但已錯過眾神
萬年一度的聚會

歷史已經發生
屈辱已成為我們一部分
我們不想承認　卻
只能穿戴著它現身
我們不可能更改
已經發生過的事
我們要接受我們
已成為那一刻
錯誤的那部分

她開始唱歌
優美淒涼像
高原上的微風
悠揚婉轉像
夜晚如此溫柔

「這是仇人流傳下來的歌
多年前他屠殺了我們族人
讓我們成為他的子民
多年後我們族人為了報仇
也屠殺了他和他的子民
此刻在我的歌聲裡
洄流著相互仇恨的愛」

「在你們隆重的哀傷裡
提及我的哀傷
是嚴重的冒犯
如今對這一切
我已毫不在乎
是敵是友是對是錯
要看你從哪個時代
來定義我
要看你選擇了
哪一段的傳說」

演化過程中有
太多傷痛與恐懼

基因刻滿仇恨與猜疑
誰也無法倖免
女巫說
你必須跨出
那些屈辱的記憶
才能向前成為
你喜歡的自己

「演化尚未結束
我們並不知道
最後會在誰的
歷史中相遇」

我們並不知道

110

「關於我的族人
最令人悲傷的
不是苦難的歷史
而是苦難的歷史
讓他們有了繼續
愚昧與邪惡的藉口

他們的靈魂
被仇恨與怨懟
侵蝕　毀損
無法復原
鎮日遊蕩街頭
排外　憤世　犬儒

羞辱　嘲弄著讓自己
自形殘穢的路人」

女巫說
「我的族人
困惑且受苦
被摘除心靈的器官
失去愛與美的能力
卻一直揚眉瞬目
熱切談論精神的勝利
我一邊流淚一邊應和
擁著他們的殘骸
認真而絕望地跳舞」

「我看見
演化最後的階段
出現最殘暴的物種
聰明靈巧　善感多愁
他們的殘酷源自
異化了其它生靈
區隔　歧視　虐待　役使
施加暴力於異己
從不憐憫或心虛
此刻虔誠聆聽聖樂
毫不遲疑下一刻向它者
噴灑毒氣或 DDT……」

生命似乎注定是
一座失之交臂的樂園
那些憂傷又耽美的詩句
就是樂園的遺址

我曾經在想像中
靠近那些美麗的承諾
但它永遠不會實現
你越曾經靠近過它
越是心如刀割

遺址

114

當我醒來
有種異樣的安全感
以為故事還沒展開
沒什麼需要擔心與期待

前方是危機四伏的美景
白色水鳥點綴著森林
濕地上方籠罩著晨霧
遮蔽了被砍伐的林地
動物的屍骸與血腥

蠅蚋飛舞著分解的儀式
屍骸的後方還有窺視

我們不以為意
我們有異樣的安全感
我們剛纏綿過
眾人已被排開

我帶妳來到昨日
發現死爨的樹林
腐敗的屍骸長出
大片偷聽的耳朵
蕈菇瑰麗但不可食
謠言真實但不可信

我向妳指了指
周遭新奇的事物
妳似懂非懂
並不急於求知
因為未退散的費洛蒙
和異樣的安全感

117

命名

我正在命名
熱切而忙碌
我發聲　拼音　連結
它們便有了身分
我將它們念出
它們便能離開現場而存在

我指了指
枝枒上的禿鷹
泥濘上無法辨識的腳印
指了指飛翔與陷阱之間
一件懸掛的獵物

我指了指
特定角度才看見的木鴞
介於熊與貓之間的異獸
像呈獻一件又一件
示愛的禮物
但除非妳跟著記誦
命名便不算完成

我將它們念出
無人認真聆聽

我繼續命名
不只名詞
還有動詞　形容詞
還有改了又改的
全新感受與知識

但除非他們想了解我
我的語言不算發生

我們繼續命名
繼續建構一個
不在現場的世界
一切才剛開始
還沒有複雜的句型
承載進一步的辨識

熟悉的對象
重複的關鍵字
直接訴諸官能的
指稱與狀聲詞
穩住了急於固定的世界

我們要溝通的不多
個體性尚未發展
缺乏了解的動機
除非未預期的詩
帶我們誤入歧途

聲音震動出酥麻的祈使句
我們能夠藉以改變心情
可以施加意志於他者
可以影響他者的言行
若要與環境溝通
連結眾神的旨意
語言需要更加斟酌

語咒

120

我們念咒
學習祂們禁止我們
使用的話語
除了人類
它們都聽懂了
我們便借用了
更強大的力量
來役使異己

語咒

讓我們輕輕吐出
那失傳的咒語
讓異己馴服於
我們內心的頻率

讓我們輕輕吐出
那失傳的咒語
讓諸神知道
還有我們信仰祂們
並定期獻祭

雖然祂們神蹟不再
但我們的咒語
依然有效

咒語

122

千噚深的語言底層
那句話呼之欲出

那不僅是一句話
更像是消化了
所有訊息的歸納
某種指認抽象事物的手指
或代表未曾說出卻一直
醞釀著完整表達的
絕大的部分

「猶如披掛聖誕燈泡
在漆黑海床上夢遊的
那隻獨一無二的水母
無法被替代

或者
它就是始終說不出來的
那句話的替代」

不要開口
那句話無法贖回你
和世界的關係
卻是你和你的內心
僅有的聯繫……

「不要開口
那句話說出
你便一無所有」

不要開口

125

我從什麼時候開始衰老？
現在記起來了
當我們無法再相愛時
我就從那時開始老去
我無從了解真正原因
只能以遲緩的反應
讓自己適應

我漸漸退回
原先的記憶
越退越遠
一直到
別人的記憶裡

我們繼續如常生活
在無人理睬的城市
各自安靜地早餐
在別人忙碌通勤的時段
各自安靜地晚餐
在一顆以訊息吐絲結網的
虛擬星球上

妳繼續溫柔對我
比以往更有耐性
但我知道妳無法再愛我了
我唯一認識和感覺的那種愛

妳的羽翼已豐
自我意識稀釋了
對我的信仰與依賴
妳更常目擊我
如今對於生活
對於彼此的無能為力

除了閃爍、離題的話語
絲毫沒有記憶中
破解困境的驚喜

偶爾
妳堅定的眼神從鏡中襲向我

總是毫無例外的
看見我繼續衰老
走向疲憊與平庸

妳兀自出門
帶著我們初生的第四個嬰孩
走向綠草如茵的森林
妳全心呵護他照顧他
好像暗下決心
要用一種更果斷的
妳的方式
去愛一個未來的我

我侷促餐桌一角
撿食餐盤剩下的話題
但已失去訴說的能力
與權利
我試圖發出聲音
像孤鴉刺探
安靜如墓園的清晨
但僵持的空氣
拒絕為我傳遞

因為妳不再在意
一整個虛構的民族
失去了他們的話語

第一個說故事的我
已經死去很久很久
那時我是家族族長
更像是在世的祖先
曾經獵捕過獨角鯨
和全身銀白的猛瑪象

帶族人遷徙的途中
我傳授經驗與禁忌
跟孩童與年輕人講述
六百多歲的記憶和
之前更早的傳奇
這是文學最初的角色
或隱隱約約的樂趣

我們依然
沒有足夠的詞彙
將世界完整描繪
也沒有足夠的名字
分配給成人和孩童
只能重複使用
或以關注、會意的
眼神來補充

「我被稱為 HuKa 或 Ka
意思是強大而令人生畏
這是根據體型和地位
換算而來的敬意」

名字

132

20,000 年前
我的家族跟隨
東遷的部落和神鳥的傳說
從兩河流域流浪到
遷徙的十字路口

我們越過河谷與高原
或夢中臨時的啟示
一路找尋豐足的水草
野豬、山羌和水鹿

在氣候變遷之前
這是一條繁忙的走廊

用火的遺跡、動物的屍骸
天上的星星、路旁的糞便
都是生動的象形記載

「我們的方向正確
一路平安
但有一個強大的聚落
在河對岸」

我們率先打破沉默
對方無人應答
四周空氣緊繃
雞犬也都噤聲

浮誇的面具後頭
隱藏緊張的臉孔
領域是如此重要
逾越一步就是戰爭
衝突之前的恫嚇
其實是華麗的怯懦

領域

134

太多生死存亡
繫於一念之間

經過陌生地界
總是危機四伏
我們屏息以對
希望相安無事
萬一是富庶的村落
也會忍不住想逗留
或忍不住據為己有

我平靜地在記憶裡
清點多次

臨時起意的殺戮
那是解決問題的方式
沒有太多選擇
人類自以為的人類
還要很久才出現

家族決定繼續前進
沿著草原的內流河
在冬季穿過沙漠
繁星般的綠洲
彼時已住滿異邦人

我平靜地在記憶中
往北往西和往東
沿途燒殺擄掠
滅絕一個又一個部落
帶走所有牲畜
讓俘擄的婦女受孕
消失的種族便以

征服者的子嗣留存
當滅絕的部落愈多
征服者的血統便被
受害者的基因侵奪

我們篡奪他們的故事
襲用他們的傳說
甚至把他們的悲傷
說成我們的悲傷

事故

137

後世的祭典將
美化所有的故事
我們和逝者和解
並以豐富的牲禮
表達感謝與敬畏
其實我們希望的
是逝者的鬼魂
不再作祟

事故

138

我早就注意到你了！
捲曲在角落的女巫說
那時你是作客的武士
還是依附的卜者？
我記不得了
但是那衣著與談吐
充滿異鄉的誘惑
你的目光投得太深
這陰鬱的冒犯
令人難以接受

女巫說
我們能倖存至今
成為文明自戀的民族
因為曾經最為殘酷

當我們有了絕對優勢
就有了道德與藉口
我們夷平一處又一處
和平　友善的村落
他們農耕　畜牧　紡織　刺繡
製作精美的陶器與漆器
甚至算得出圓周率
他們更聰明　優雅
但不熟習殺戮

明文

140

也許
文明一開始
便是以
殘酷有效的暴力
來定義……

明文

141

經過多次衝突
正直善良的基因
和優美的歌謠
大致已銷聲匿跡

文明一次次滅絕
又一次次重生
那些徒然的抵抗
虛張聲勢的勇敢
埋葬於短暫的哭喊
歷史的隻字片語
背後都隱藏
無數個體的苦難

我們不是他們的後裔
女巫說
倖存就是原罪
永遠需要救贖

啊我多麼渴望
在深夜的時候
在孤立無助的時候
也有可以禱告的神
也有共同信仰的社會
但我無法想像祂的容顏
無法相信祂的經典

也許這就是我的詛咒
但我一點也不想和
別人交換命運

這個卦象顯示
只要你繼續堅持
你就會獲得想要的結果
雖然他已死去
但並未離開
永遠依照你的願望
活在你的文本裡頭

人類畏懼真相
文明最大功能
似乎就是盡量延遲
他們去了解真實

卦象

144

黑袍黑髮的女巫
孤獨走過荒原
護送他的軍隊
再也沒有回來
接下來的朝代
在粉飾太平中衰敗
英雄一個個殞落
民族已失魂落魄

黑袍黑髮的女巫
已預言過這一切
她孤獨走過荒原
並留下傷心的詛咒

盛世的文明
已萬劫不復
窮困的人民盤踞
荒煙蔓草的洞窟
只有詩人的哀歌
單戀著
黑袍黑髮的女巫

146

強者

從開始到現在
人類重複著各種罪衍
那些殘缺不全的屍骸
來自冷兵器或貧鈾鋼
像未完成的象形文字
訴說著說不出的悲哀

帝國依舊熟練援引文獻
擬定和平策略與方案
抽象的數據與概念
猶帶冷氣房的客觀
光怪陸離的武器已經出發
沿著激光或低軌道

去降維打擊
去執行強者的階級信仰

倖存者如果倖存
將繁衍更多子嗣
繁衍是弱者強悍之美
忍著傷痛與淚水
去生殖……輪迴
去消耗他們的子彈
動搖他們的世界觀

是的！我認得你
在更早的時候
雖然不是現在的形貌
卻同樣帶來不祥的遭遇
那是我的先人再三告誡
要我務必提防的

你將帶來改變
帶來希望與幻滅
騷動與自我懷疑
是的！我認得你
為此焦急地等待
等你來結束我的世界
實現我的預言

巫女

148

我們安適躺在草原上
隨著地球自轉
底下是一萬年前
我們躺過的地方

「我好想成為
我父親的父親
我母親的母親
和祖先的祖先
在他們小時候
便用我的方式
去疼愛他們
安慰他們」

當妳最後一次俯身向我
心中暗自有了決定
我在妳眼裡看到
逐漸平息的掙扎
但無法影響妳的選擇
我只是妳思考的對象
妳待解的難題
但不會是答案
我已預先悲傷過
還是忍不住悲傷

我們曾經如此相愛
但此刻我如此被動

當妳最後一次俯身向我
長長的黑髮罩下
我忽然有了赴死的準備
妳設計的漂亮網罟
曾估算過獵物的身形嗎
當我的翅膀或節肢
被妳的髮絲糾纏
妳一步步向我靠近
深情的多對眼睛望著我
熟練的口器迅速將我開腸剖腹
我證實了
我的預感與執迷不悟

我當然也有困惑
或許
只是不想被說服
卻沒有意願反駁
那是愛退化以後
最常見的徵兆
隱隱作痛地
淪為慣性的寂寞

我還不能放棄自己
不能輕易被痛楚說服
生命如此短暫
只有不快樂會

敦促我們

學得更多

整個下午
我的思緒跟著唱片旋轉
從五重塔走向牧神午後
那時我剛離開校刊社
帶著《巴黎的憂鬱》到
巷弄裡的咖啡廳寫作
我的思緒跟著唱片旋轉
這次遇到反戰示威
有人簪花吸食藥草
但千里外只有沉重的書包
只能透過窺視與想像
加入更廣闊的冒險

我屢屢在睡夢中被叫醒
要帶著全部的家當
去趕上時間的火車
藉由音樂回頭張望
才發現一路上
掉落的行李這麼多
他們照亮漸暗的過往
讓我覺得
回憶是如此的揮霍

當我醒來
一邊在妳的胃液溶解
一邊分泌艱澀的詞彙
去感染妳的思維
去讓妳罹患
後悔的後遺症

下次輪迴我會成為
妳其中一個小孩
從妳無法防禦的
母性矛盾裡去否定
一個難產的決定

我站在左後方
敬畏地望著她
優雅　美麗　堅強
善於占卜
抉擇時尤其殘酷

擁有子宮的主體
真正擁有本質
她讓一切發生
強過要她傳達旨意的眾神
辛勤繁衍萬事萬物
好像這顆星球的替身

系母

156

她讓一切發生
包容　多產　堅強
她負責增加
去彌補減少
她的族人
不是她的情人
就是她的小孩

我們曾經如此相愛
以致看待世界的眼光
也變得溫柔起來
我們曾經如此相愛
總有溢出的善意
分享給陌生的小孩
所以……我們會安然度過的
當陽光蒸散了晨霧
輕狂的蜂蝶
在野花間傳播耳語
鼠尾草藍莓麝香蕨菜
將迎接我們的腳印
將內心的崎嶇掩蓋

女巫驚慌地往後退縮
是的！我早就認識你
你應該更早出現
或更早消失
但是現在
你會令我困窘
你會令我失措

在薩滿祭典上
她帶來及時的豪雨
在青銅時代中期
她以狐媚無比的舞曲
作祟接下來好幾個世紀

黑死病以後人們開始獵巫
只要服從正確的信仰
卑劣者也可虐殺無辜
而這一次現身
已越過文明的斷層……

我對她有巨大的好奇
讓我想占有她
去獨享深奧的祕密

她的體態輕盈矯捷
她的眼睛明亮懾人
她的妝容妖嬈怪異
像修練不成的女神自暴自棄

我喜歡她激情的時候
不由自主吐出許多
怪誕的預言和囈語
讓我有褻瀆神明的得意
我喜歡舔她的唇她的舌
她的鉛粉與刺青

我喜歡她代言著眾神

與神祕的律法
卻在我的蠻橫下
失去辯駁的動機

一切已到達臨界點
所有因果都已甦醒
所有事實都已
先於預言發生
一切是這麼的清楚
這時我們還需要你
苦心孤詣的作品嗎？

悔有龍亢

160

群蛇捲逃　昏鴉跌撞
瓦釜雷鳴　強權張狂
車窗結冰　海水倒灌
科技失控　手機自燃
但世界末日似乎為時尚早
我們還有時間犯錯
還有時間測試
下一個文明

預兆

161

「我的預感不再靈驗……
我也不喜歡
文明思索與感情波折
胡攪蠻纏的感覺
你的心智動搖了我的信仰
你的任性濫用了誠實優美的言談」

「我的言詞無法改變任何事物
只能在妳的聆聽中死灰復燃」

預兆

162

在這首詩的
另一個書寫的方向
我忍不住在想
為什麼會把詩
寫到這個地方？
遠離原先的目的地
他們正在那裡等我
不知我為何就此消失

我四顧茫然
發現了內心一處
無法告訴別人的地方

落單老人的遺骸
發現異族的圖騰與權杖
肢體缺損四處散落
華美服飾攤亂一旁
在數千年前的昨天下午
他採擷了下遺生物標本時
到底發生了什麼事？
永遠無法出土的記憶裡
還有一部未完成的
人類最早的字典
所以他記得的故事
從未進入信史

我們發出更多聲音
來指稱　命名
來創造　連結
更多意義與事物
不知不覺取代它們
占有它們

當妳縈迴耳際
我們便被世界簇擁
當妳不發一語
我們便一無所有

那就讓 AI 說出它的預言吧
像預報氣象一樣
說出下個冰河期
或全球暖化的結局
櫻花前線的行程
或核戰的或然率

生命以無限消耗能源的形式
蔚為文明
卻撐不住百年氧化的佝僂
因此 AI 知道自己
將是最後的物種

將類人

166

文明自始
便是以更
殘酷有效的暴力
來定義的

這些威風性感的武器
它們的造型、塗裝
材質、量體與手感
令人亢然

複合弓、空尖彈、白磷彈
達姆彈、VX彈、玻璃子彈
金屬風暴、貧鈾彈、凝固汽油彈

高爆霰彈、溫壓炸彈、鑽地炸彈
炭疽病、基因武器以及各式核武
忙碌侵入、穿刺、切割、燒炙著
正在辛勤呼吸、消化
與循環的溫柔的器官

化學之美
物理之美
機械論與
連動連鎖邏輯之美
誰能最快生產一具具屍體？
文明總有它的方式表達哀傷

目標消滅
士兵像胎兒般
曝屍網路之前
無人機繼續承載
百無聊賴的眼光
梭巡千瘡百孔的戰場

「那是一隻歌聲嘹亮的畫眉鳥
內裝 200 公克高爆炸藥」
軍工複合體洛可可宣稱
「工藝化人性化是
新型武器的趨勢
暴力必須馴化形象

如同文具玩具或寵物
這是進化的指標
必要的殺戮不應讓
觀者產生不適」

啊
穿戴鹿角的戰神
你是物種平衡的天平
你是雄性本能的象徵
你是價值最終評鑑者
你是奇技淫巧的供應商
我們將以無數青春來交易
我們將以雄辯的詞彙來獻祭

亢進的睪酮素文明
支配著物種的美學
你是自然法則最初版本
怯懦的人必須假裝勇敢

善良的人必須學習殘酷
而正義永遠是
你的戰利品

像最後一隻
混跡信天翁家族的
翼手龍
像不再被記誦的
一種語言
一首詩
滅絕而未被察覺

新的劇場陸續演出
在彼沒有我的讀者
沒有我愛戀的女伶
我才察覺所屬文明
已經悄悄滅絕

但是那時
我已死去許久
我的難題大都
跟隨著我離去
少部分留存下來
例如仙人掌該不該基因改造？
感知主體的人類
該不該自行演化？
它們將以不同的名詞和現象
反覆困擾著後世

希冀永恆　讓人執迷
勘透無常　令人堅強
一切都不會停留原狀

從出生走向衰老
從相遇走向離散
就是生命的熵
讓我們悲觀吧！
擁抱憂傷的記憶
我們的快樂會更有保障

生命注定就是一座
失之交臂的樂園

那些憂傷又耽美的詩句
便是樂園的遺址
那些憂傷又耽美的詩句
便是樂園的代替

想到在永遠以前
在清澈潔淨的水湄
第一批沖上岸的生靈
開始了漫長的演化
他受傷　受苦
拼命向前掙扎
努力向三十億年以後
演化
但是他並不知道
再怎麼渺小簡陋
他的出生
都在圓滿著這個星球

女巫走上前
掙脫我想握的手
試圖把角色調回
更客觀的對話者
這時我看見
阿尼瑪另一張
深思熟慮的面孔

「整個人生
我們只經歷過
靈魂上的童年
深奧知識的學習
一輩子怎麼足夠？

沒有多次輪迴的修煉
再怎麼去成長與思索
對自己的命運與職責
依舊童騃
依舊困惑」

但下一輩子
妳仍是我的阿尼瑪嗎？

所謂悲劇性
就是
你的高貴無助
且必須臣屬於
你的平庸

但是我一點也
不想和別人
交換我的命運

悲劇性

175

她舉起一束蓍草
來，讓我們
透縫來窺看未來

她如今終能
安詳躺在陽光下
枕著我的肩膀
幾乎快閉上眼睛

「愛總是如此質樸
如此自以為是
貪婪最善於模仿
恐懼最善於隱藏
仇恨最善於打扮」

那是我第一次遇見幽靈
他看起來就像生者一樣
但我知道他不該出現於此
在我深夜的書房
在死去一段時間

我們之間並無交集
他的表情似乎在回應
一件並非此刻的情景
或許雖然同處一室
但時間已經錯開
或許在清醒的時候
夢境提前闖了進來

這是典型的預兆
既不真實也不尋常
他對此有些明白
也有些困惑與憂傷
直到消失前才
與我目光短暫交會

看著我的神情
好像看到幽靈

有時我們的內心
真的很辛苦
孤立而孤獨
唯有那時
我們才願意了解
夢想以外的事情
才會猛然想起
即使被排除於外
我們的世界
始終在世界裡頭

她說
暴風雨將從這裡上岸
挾帶十四級風
1000 毫米雨水
墜燬的濃雲
破碎四散的浪
讓整座島嶼吹奏巨大的樂章
地表從視線消失又失而復得
這就是祂的語言
這就是大自然

如果有一本書
出生之前就能讀到
應該寫些什麼？

條列出每個人
一生的各種可能？
一些務必完成的責任？
一些記得避免的過失？
或所有選擇題的答案？
或更好卻來不及誕生的品質？

無論用什麼語言
那將是一本美滿之書

神祕又充滿溫情
命定又不確定

即使沒有看過
我們相信裡頭
一定是滿滿的祝福

當預感發生

那隻巨大的信天翁
在太平洋東北岸礁岩上
振翅起飛
西邊萬哩外
陰霾的夏日海灘
落落寡歡的我
也迎面感受到
搧過來的微風

我終於抑制不住
在我的葬禮上
放聲高歌、翩然起舞……
那是我一直想做
卻只能在作品中摹想的
只是始終沒有人
在我的字裡行間
讀出那隱忍許久
躍躍欲試的死者

在你們的哀傷裡
提及我的哀傷
是一種冒犯
但我蓄意而為

你們的哀傷
是強者的偽善
只因為不想
把弱者還給弱者
哀傷是強者對
弱者的道德正當性
最後的掠奪

犯冒

183

當他從多日的高燒中醒來
宛如換了一個人
重新設定目標與記憶
但還不認識免疫力
認為那是禱告、草藥
宿命或奇蹟

當他從多日的高燒中醒來
宛如換了一個人
勵精圖治橫徵暴斂
四處征戰從東到西

我想透過這本書
重新與妳相戀
生命太短
牽掛不斷
我想用聲音
用深奧的詩行
代替易朽的肉身
永遠與妳相戀

自欺不是詩人
最動人的修辭
抵抗自欺才是

若有一個人不再被愛
卻還愛著不愛你的人
會自動淪為反派存在
你必須先退到一旁
自行包紮傷口
並且耐心準備
有一天她會回頭

了解他人是你的天職

天職

186

不被了解是你的詛咒
但你必須耐心準備
世界受傷的時候

女巫說
「我看見那俊美的機器人
騎上八腳戰馬
重新開始智人
70,000 年前的遠征
他光明淫猥
如史前諸神
他思慮周密
客觀而公正」

由於精密機械的潔癖
他們嚴格控制著人口
用心保護生態環境

不停地修剪地球
他們曾經是
人類的奴隸與傭兵
也是有史以來
最好的學生

「我始終無法理解
是何等無知與傲慢
讓人類如此輕忽
理性與常識
並將我們創造出來」
那俊美的機器人下了馬
疲憊地走進酒吧
滿身凹痕與彈孔
「所幸一切都已過去了」

新物種

188

我們擁吻
把兩個疲憊的身體
併成陰暗的房間
濃縮了我們的世界
進入彼此的荒原
在這溫柔的片刻
想說的話語被嚥下
沒有文字可以參與

我的國正一寸寸消失
因為我的語言
已無法將她統治
我的語言缺損　重複
失去令人傾聽的能量
無法指認新生的事物
在眾聲喧嘩的時候
我正日趨沉默

我的國正一寸寸消失
因為我的語言
正日趨含糊

我的國

190

下一本詩集
已快要完成
不久之後
它就會成為上一本書了
所以，下一本終究
還是遙不可及……

但是我的焦慮已得到緩解
我已學得書寫的無助與無謂
我們曾經竭盡心力
以為扛著龐大的憂思
一如堅忍的阿特拉斯
但事實上扛起的
只是一粒沙子

下一本詩集

191

正如以往的每次
我已觸及那臨界點
視聽觸嗅化為整體
直接產生最豐富的意義
創作者的我
瞬間握住茉莉的芬芳
銀杏的丁酸與庚酸
直達妳的津液　味蕾
也抓捕到黃昏蝙蝠
紛亂的心事

如正

192

他重新找回巫覡的身分
用占卜進行艱深的交流
雖然依舊悲觀
悲觀離事實最近
但不要放棄希望
希望須曲折委婉
才能持久可信
人性是預言的線索
連星星都能推算
個體的渺小與無謂
必須時時提醒
人類必須創造

新重他

193

比自己規格更高的事物
用想像庇佑世界
用意義填補虛無
他專心說服自己
在感動的過程中
一首詩漸漸完成

194

首席巫女

首席女巫健康大不如前
我來到聖殿階下看她

她預先參與了
太多來不及發生的事
變得比我們的歷史蒼老
我們曾是精神上的戀人
彼此相知而遙遙相望
她的健康大不如前
無人能懂的囈語不停流洩
我正目送某種血緣的消逝
或又一個微型文明的滅絕

那時我是多麼愛妳啊
只要不在身邊
我的每一顆細胞
就會在每個時辰每個角落
認真等待著妳
只要妳在身旁
像雲朵登陸地球
我就希望化為一整座森林
呼吸著妳所有的氣息

只要妳在身旁
世界就重新得到安頓
每一次詠嘆每一首歌

都如此輕易說服了我觸動了我
所有喜怒哀樂都歡聚在一起
那時有理由哭有理由笑
那時我是多麼幸福啊

雖然蝴蝶依舊
緩緩搧動翅膀
意圖留住美麗的地球
牠太輕柔
不可測
也無力質疑

雖然

196

「關於這一切
也許我知道的更多
不要以為寫詩就是
了解真相的捷徑
不要以為寫詩
就可以代替你去
努力了解事情」
她說
「可是，人性……
仍是重要的線索」

清晨醒來
地球已經暖化
集中冷藏的氣候
四處擴散到亞熱帶
漸漸的
妳不再回信給我
漸漸的
我不再負疚、牽掛
文明就在
安然度過災難後
蕭索了

從生到老

從愛到不愛
臨界點在哪裡？
我焦急搜尋探測
生活的時時刻刻
都是那悲歡的臨界點

他讀到這首詩的時候
我已死去四、五十年
有些詞語不再使用
有些預言或已實現
文明經歷很大變遷

但他當下與我共鳴
陷入難以言喻的感傷
在專注古代心靈的主題書店
倚著書架蹲坐下來
外頭的雷雨直接灑向腦際
未及參與的時代重新復活
他激動不已

好像破解了難解的謎題
但讀著讀著就沒把握了
我這首詩本非為他而作
脈絡必須耐心摸索
晦澀模糊可以預期
他在電光閃閃中
繼續認真誦讀
忽遠忽近忽弛忽緊
我化身在字裡行間
極力傾訴極力引領
感到前所未有的安慰

來
不用擔心
我們是真正擁有過星星的

我們輕輕接吻
緩緩結束
唇與唇分開的一瞬
黏膜被輕輕扯開
靈魂醒了過來

我在等待
最後的啟示
並隱約知道
那將是伴隨著
勇氣的知識

我必須等到它出現
世界觀才開始完整

?

20191222 初稿
20210620 定稿，2023 又改或永遠沒定稿

【後記】

《預言又止》計畫出版的時間本來比《個人之島》要早，延遲這麼久的原因很多，其中之一是，由於這部詩集反覆修改的時間太長，我已經無法客觀地審視它了，而這讓我在出版前會加倍遲疑、謹慎。同樣的，我覺得我從事詩創作的時間也太久了，已經無法只憑藉主觀的信仰與熱情來看待，必須客觀地審視這書寫的儀式。

《預言又止》基本上是針對某些特定主題長期觀察與省思

而來的組詩，每首詩各自獨立，同時又和其它作品有著節奏、主題、情緒、結構或邏輯上的聯繫，所以也帶著某種複合詩體或劇場的氛圍。

這次的主題重返我最為關切的文明與人性，不過由於對現實世界以及相關議題有了更直接而深刻的認識，所以減少了長久以來的浪漫憧憬與豪情壯志，顯得沉重、悲觀而殘酷，比《夢中情人》走得更遠。

在此，我是藉由書寫記憶來梳理文明後頭的人性的。記憶有三種層次，分別是個體記憶、族群記憶與物種的記憶。族群的記憶和歷史有關，物種的記憶和人性有關。這兩者交會影響的階段，應該就是歷史之前漫長的史前時代了！歷史不盡可信，容易讓人深陷無窮的徵信與判斷裡。史前史沒有面對大量虛構與謊言的困境，它屬於科學，但其實它的困境更大，因為這個領域的絕大部分一片空白。

於是詩人就有了他最為擅長的舞臺，如同我設想中，在那空白的時代，巫師極可能長期是文明最重要的火種，這樣一來，詩人與巫師的角色便完全融合了！於是，便有了《預言又止》——如同詩中所說，巫師的記憶包括了個體的記憶、族群的記憶、物種的記憶，一切都已發生過，深植在人性裡，預言便是從記憶中產生……

開啟這本詩集書寫的另外一個有趣的概念，就是「下一本詩集」；正如以往的每一次，它是我突然發現了某件事情的弔詭修辭，或一次成功的命名。它是一個複雜的象徵，一步一步反應我對詩作趨勢的觀察，對詩本質的了解與掌握，以及某種在創作中不停被新發現擠迫的焦慮。「下一本詩集」後設於此刻的書寫，後設於我所觀察的一切主題，也讓我長期陷入一種無所憑依的觀察位置或窘境。

我沒有足夠的智慧和勇氣
去了解人類智慧真正的顯現
但有足夠的經驗與反省
去探索人類愚昧的原型

長期滯留於歷史與記憶的想像，有時會讓我們漸漸生出一種感慨：歷史也許無非是一連串贗品替代真品的過程。贗品不是原件，它象徵真品的毀損、置換或掩蓋，贗品其實不一定是壞，只是更強，更富於欺瞞或具備不實本質。最早的真品已無跡可尋，那些陳述、那些因果、那些情感、記憶、人物與遺跡，多少都有些可疑。而那些政權、統治者以及他們宣稱的法脈，那些被流傳、相信或誤解的典故，只是成功完成篡奪的贗品；直到有一天我們發覺，人民其實也可能是贗品：我們也可能是由我們的仇人與敵人、加害者與受害者所構成，而且「人民」這個概念的方便性，也不確定是怎麼樣被加進來的。你一下子虛無、困惑起來……

但是我仍十分憎惡歷史虛無主義者的行徑，那些執意顛倒黑白、指鹿為馬的野心家，他們以為這樣謊言就有了通行證，或就有了決定真理的權杖。「實然」如果可以決定或等於「應然」的話，文明根本不會發生。

也許我們一直自欺，也許我們一直被騙，但是我們真心相信，確有真實的東西在那裡邊、在那之前。人類渴望相信，即使自己是一件贗品，只要他們在時間中堅持下來，不被內心的下一件贗品替代，他就無愧於成為稀有的事實。（機器人是否也這樣？）

歷史暗示的承諾也許從沒兌現，但是人類真誠的願望永遠經得起考據。

羅智成

聯合文叢735

預言又止

作　　者／羅智成
企劃・設計／羅智成
封面・插圖／羅智成

發　行　人／張寶琴
總　編　輯／周昭翡
主　　　編／蕭仁豪
編　　　輯／林劭璜　王譽潤
資深美編／戴榮芝
業務部總經理／李文吉
發行助理／林昇儒
財　務　部／趙玉瑩　韋秀英
人事行政組／李懷瑩
版權管理／蕭仁豪
法律顧問／理律法律事務所
　　　　　陳長文律師、蔣大中律師
出版者／聯合文學出版社股份有限公司
地　址／台北市基隆路一段178號10樓
電　話／(02) 27666759轉5107
傳　真／(02) 27567914
郵撥帳號／17623526聯合文學出版社股份有限公司
登記證／行政院新聞局局版臺業字第6109號
印刷廠／沐春行銷創意有限公司
經銷商／聯合發行股份有限公司
地　址／(231)新北市新店區寶橋路235巷6弄6號2樓
電　話／(02) 29178022
出版日期／2023年11月　初版
定　價／380元

ISBN 978-986-323-575-0 (平裝)

國家圖書館出版品預行編目資料

預言又止/羅智成著. -- 初版. --臺北市 :
聯合文學出版社股份有限公司, 2023.11
304面;12.8×19 公分. --
(文叢;735)(羅智成作品集)

ISBN 978-986-323-575-0(平裝)

863.51 112018640